le dragon timide

Un conte de Jindra Strnad
raconté en français par Marie-Claude Reybard
illustré par Marie-José Sacré

cerf-bohem press

Il était une fois un petit dragon qui vivait loin, très loin d'ici, au pays des dragons. À vue d'homme, il n'était pas si petit, bien sûr ; il avait à peu près la taille de trois éléphants. Mais pour un dragon, il était réellement minuscule. Et ce n'est pas tout : hélas, il était aussi affreusement timide. Dès qu'on le regardait, le petit dragon devenait rouge, tout rouge, comme une tomate. Il était si gêné qu'il commençait par gratter le sol avec ses pattes, comme s'il cherchait à se cacher dans un trou, et au lieu de cracher le feu, il lançait de toutes petites étincelles de rien du tout.

Evidemment, tous les autres se moquaient de lui. Son grand frère lui riait au nez : « Hou, hou, regardez-le, ce bon à rien ! Jamais il n'a essayé d'enlever une princesse ! Il rougit comme une tomate ! Pas une seule fois, il n'a su cracher le feu correctement ! » Et tous les jours, c'était le même refrain. Le petit dragon devenait de plus en plus timide. Pour finir, il n'osait même plus sortir de sa caverne. Il restait tristement dans son coin et réfléchissait : « Que pourrais-je bien faire ? Tout le monde se moque de moi. Pourtant je suis aussi brave que les autres, ou presque… Eh bien, je vais leur faire voir ! » Et il décida, en secret, d'enlever une princesse.

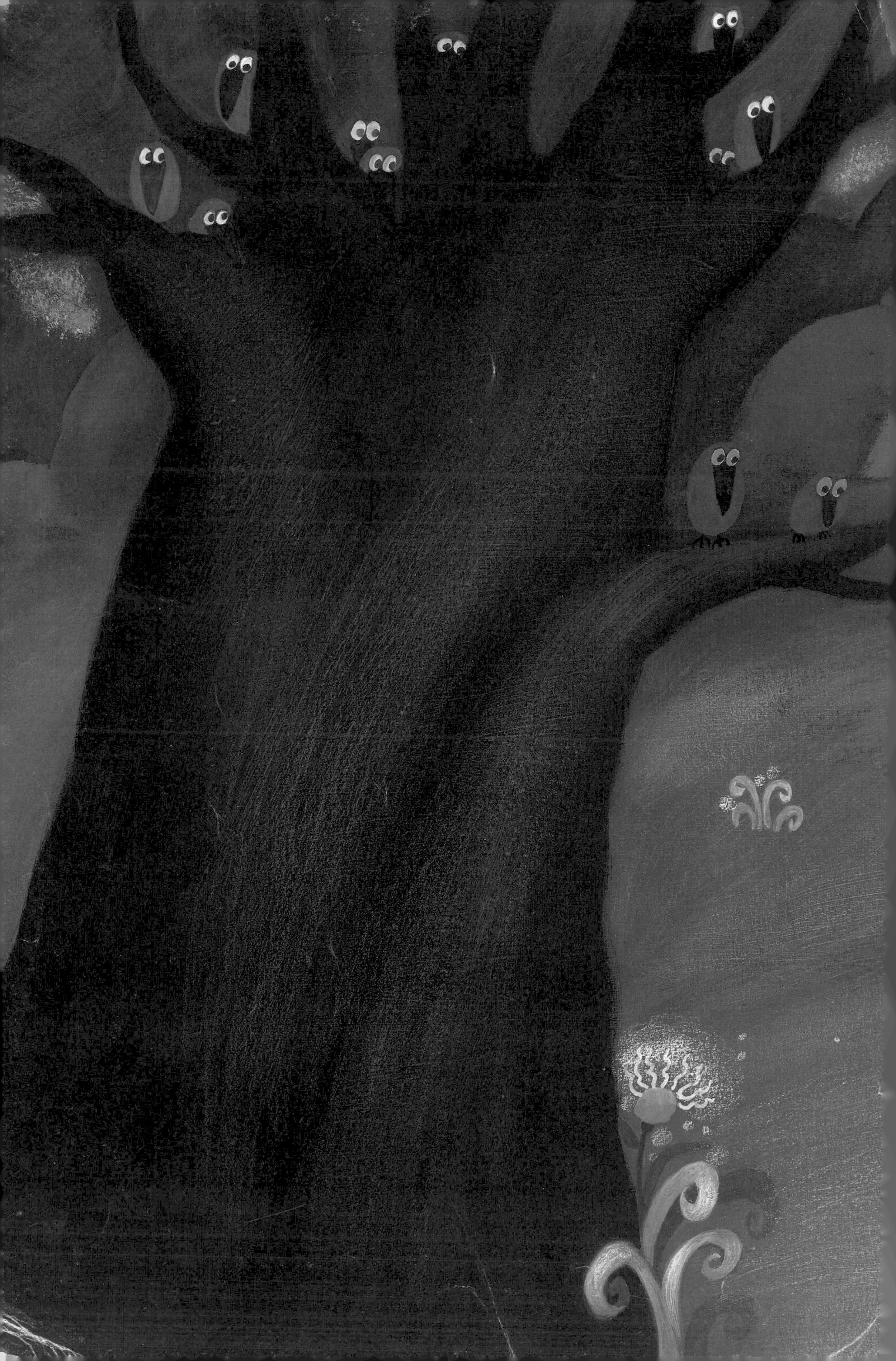

La nuit venue, alors que tous les autres étaient endormis, le petit dragon timide quitta sa caverne et se mit en chemin.

Il gravit des collines et traversa des vallées, il vit des rivières et des lacs, il marcha longtemps, très longtemps. Un jour, enfin, il aperçut une ville dans le lointain.

Dans cette ville se trouvait un château. « Parfait, se dit le dragon ; s'il y a un château, il y a sûrement une princesse. Je vais l'attendre ici. » Et il se cacha derrière un gros rocher.

En effet, au château vivait une princesse. Chaque soir, elle allait se promener jusqu'au rocher où le dragon s'était caché. Et ce soir-là elle apparut, comme tous les autres soirs. Le petit dragon la regarda venir. Il voulut s'élancer pour l'attraper, mais, au même moment, la princesse tourna la tête de son côté. Aussitôt il devint rouge, tout rouge, comme une tomate. Le temps qu'il se remette de son émotion, la princesse était déjà loin. « Tant pis, se dit-il, je l'enlèverai demain. » Mais le lendemain soir, le cœur lui manqua au dernier moment et il n'osa pas bouger.

Le troisième soir pourtant, dans un grand élan de courage, il se décida. Il bondit, saisit la princesse sur son dos et l'emporta bien vite, aussi vite qu'il le pouvait. Il avait si peur d'être vu…

Pauvre princesse ! Elle devait s'agripper de toutes ses forces au cou du dragon pour ne pas tomber. Il courait, il courait, s'enfonçant toujours plus loin dans la forêt. Bientôt, arrivé devant une caverne, il déposa la princesse et put enfin reprendre haleine.

Pendant ce temps, à la ville, on avait sonné l'alarme pour retrouver la princesse. Les gens du château la cherchaient partout. Finalement, un vieux conseiller du roi un peu myope remarqua les traces du dragon. Aussitôt un prince courageux sauta sur son cheval en s'écriant : « Je vais la délivrer ! » et il disparut dans un nuage de poussière.

Il galopa, galopa, s'enfonçant toujours plus loin dans la forêt jusqu'à la caverne. « C'est ici qu'il doit être », se dit-il, et il s'écria : « Dragon, dragon, montre-toi ! Nous allons nous battre ! Je viens délivrer la princesse ! » Le dragon sortit aussitôt et voulut pousser un grondement terrible. Mais, au même instant, il vit que le prince le regardait d'un air intrépide. Alors il se mit à rougir, à rougir comme une tomate. Et son grondement se changea en un couinement lamentable. Il gratta le sol avec ses pattes et cracha piteusement deux pauvres petites étincelles. Le prince en fut tout éberlué.

« Mon pauvre ami, dit le prince, quel drôle de dragon tu fais ! On dirait que tu rougis ! » « Je sais, sanglota le petit dragon, mais je n'y peux rien. Je suis un dragon timide. » Une cascade coulait de ses yeux. « Tout le monde se moque de moi ! » Et il pleurait de plus belle.

« Pauvre dragon timide, pensa le prince. Comment pourrais-je l'aider ? Soudain, il lui vint une idée : « Je sais ce qu'on va faire, lui dit-il. Tu me laisses la princesse et je la reconduirai au château. En échange, je te donne sa couronne et mon épée. Ainsi, chez toi, au pays des dragons, tu pourras raconter que tu as enlevé une princesse et que tu as vaincu le prince qui venait la délivrer. Ils te croiront, quand tu montreras la couronne et l'épée. » « Bon, dit le dragon, mais s'ils me demandent pourquoi je n'ai pas ramené la princesse ? » « Eh bien, tu leur diras que tu l'as laissée s'enfuir. Que peut-on faire d'une princesse au pays des dragons ? » « Hélas, se lamenta le dragon, ce n'est qu'un mensonge. En réalité, je ne suis pas courageux. » Le prince le réconforta : « Mais si, mais si, tu es très brave, au contraire. Quand on est timide, ce n'est pas si facile de s'en aller tout seul, si loin, pour une grande aventure. Tu es vraiment le dragon le plus courageux du monde ! » Tout rayonnant, le dragon salua la princesse et le prince, et s'en alla avec l'épée et la couronne.

Quand le dragon fut de retour chez lui, les autres, très excités, accoururent pour l'interroger : « Où étais-tu passé pendant ce temps ? D'où viennent cette épée et cette couronne ? » Alors il raconta son long voyage et l'enlèvement de la princesse. En voyant l'épée, ils pensèrent tous qu'il s'était battu avec un prince et qu'il était trop modeste pour en parler. Ils ne lui posèrent donc aucune question. A partir de ce jour, personne ne se moqua plus de lui, même quand il rougissait. Et d'ailleurs, cela lui arrivait de moins en moins : quand on est un brave dragon, on n'a plus aucune raison de rougir !

ISBN 3-85501-160-1

ISBN 2-204-02053-2
D.L. septembre 1983 - Ed. n° 7696

Imprimé en Italie
Loi n° 49-956 du 16 juillet 1949 sur les publications destinées à la jeunesse